U0538484

夢之貘對我說

陳威宏——著

推薦語

威宏的詩所創造文本的空間，讓我們得以接近神祕與神奇的事物，的確有其獨特性，自成一個迷人的宇宙。語言乾淨，意象不凡，更有其想像力。詩也具召喚性，得以觸動並連結每個人的生命經驗，相當引人一讀。記得，美國詩人佛洛斯特曾說過一句話：「一首完美的詩，應該是感情找到了思想，思想又找到了文字……，始於喜悅，終於智慧。」喜見威宏正走在映證這句話的路上，相信他將持續創造更多詩的深刻性，以豐富詩能為世界帶來應有的關心和感悟。

——曾期星（詩人、乾坤詩刊總編輯）

這是陳威宏第五本詩集，五本中竟有四本書名和「夢」相關，可見威宏喜歡「夢」。在《夢之貘對我說》詩集中，「貘」已不是現實中的動物，而是由中國傳到日本之後，成為以夢為食的傳說，「食夢貘」。

威宏在詩中，日日捶打文字，夜夜爆閃詞語的火花。構築現實生活中的「一千零一夜」，又食盡睡眠之夢，吐出現實的無奈。人生總是不斷往復於清醒和睡夢中，只有躲進詩中的片刻，疲累困頓，才得以被「貘」食淨。

詩人一方面凝煉出內心的糾結，另一方又努力地一一解開。讀威宏的詩，彷彿以他為圓心，螺旋梯向上，一本本詩集堆高我們的視線。緊隨其後閱讀，不由得抬頭，仰望威宏逐階登高的身影。

——靈歌（詩人）

聯合推薦

（依姓氏筆畫排序）

方群（詩人）

李進文（詩人）

姚時晴（詩人）

焦桐（詩人）

楊宗翰（北教大語創系副教授）

廖偉棠（詩人）

簡政珍（詩人、詩學家）

推薦序詩

被未來寵愛——致威宏

——劉曉頤（詩人、中華日報副刊主編）

總有些遠遠地發光的日子
美麗如嫩枝上的雪
雖然凍傷了清晨的一瞬，在空氣中
凍傷了你的鼻尖和耳垂
你全身卻是暖的

你把雪做成一只只精緻的白碗
那麼殷勤，卻彷彿只為
盛裝更多的疲倦
倦到自己也能像嫩枝顫動
簌簌抖落灰塵，花粉，寫滿祝福語的葉片

以及唯有在冬天才能
偷聽到的預言

太輕巧太細你必須找到那道窄小的
通往一百個夜謐的門縫
你必須挨著牆，專注地附耳聆聽
同時注意不被人發現。讓偷聽到的只能是祕密
門縫必須夠細——

讓未來靜悄悄地穿越而出
對你投以祕密的寵愛
必須足夠纖細，才能微小地施以救贖而又
要你好好織著生活的布疋
粗棉，亞麻，純毛
埋首其中，悶住自己的哭聲
印花褪色時
淚漬擴大而轉出一個近乎銳利的勾角

彷彿你可以狠狠地受傷
卻不知悔悟

你知道有些遠遠地發光的日子
使你在冷冽的時候
只因想要被裹住的欲望，而成為一張毛毯
有時也會被打翻的牛奶濺濕
但在被晾曬時，與未來對視兩秒
有默契地笑了

「噓，我們的門縫必須夠窄
透出的一線燈光低沉而醇厚得
像最最善意的洩密……」

自序

我說我說夢之貘

我在臺北市立動物園熱帶雨林區看馬來貘。

貘有龐大的黑身軀，腰肚則繫上一條白色高腰尿布。長大之後才這樣換裝，偽裝成類似岩石的黑白撞色搭配，其實帶有一點點造物主創作的黑色幽默。貘對此安排則選擇沉默，不表示什麼意見。如同其他莫名成為牠一輩子鄰居的動物園夥伴們，大家一齊靜靜地咀嚼葉子，咀嚼百無聊賴的剩餘歲月。

相較於動物，人類則是自古以來多煩惱多病痛，然而可惜的是，煩惱多了也不一定能成為詩人。唐代詩人白居易曾寫過《貘屏贊》，文中描述這種奇幻獸物：「貘者，象鼻犀目，牛尾虎足，生於南方山谷中。寢其毗辟瘟，圖其形辟邪。」長得像動物套餐組合的貘被畫在屏風上，為詩人求好運克風邪，也為詩人追求的安穩和平謳歌。

可是離開動物園之後，我們還能在哪裡看見貘出沒呢？

還未到魔幻時刻，貘可以躲藏著，選擇不出現。我想起甲骨文中的「莫」，那黃昏時刻躲藏在草叢裡的夕陽，有點害羞有點萌，正如曙暮性的貘。「莫」就是沒有，沒有太陽的話，就再給它一顆吧。雙瞳四目的神人倉頡，彷彿望著蒼茫的暮色，還有等待被命名的萬物們。

可愛的貘其實吃素，吃一百種植物，但不吃銅鐵；我期望牠可以是日本文化裡的食夢貘。祂在夜裡出現，為我們吃掉可怕的噩夢。如果豢養一隻食夢貘，我們睡眠的旅程將更順遂，可以不再以憂為美。明代詩人邵寶在《貘皮行》寫道：「貘乎貘乎汝誠武，吾將高坐論斯文。」關於貘的勇武，我連一絲一毫都沒有，還能談論什麼文雅的事呢？只有詩吧，我們就說這個好了。

詩，是我反覆誦讀，每一次都可能有新發現的東西。它躲藏自己的同時，也顯露自己。

詩，是矛盾的傲嬌的美的存在。

我所認識的詩人，很多人跟貘一樣，有點害羞有點萌。詩的硬度可比銅鐵，甚至媲美黃金；日日食詩的詩人們，希望不要成為瀕危動物才好。詩的無用，正是人類的大用。

我的生日四月二十七日，同時也是世界貘日（World Tapir Day）。熱愛諧音梗無所不在的我們，終於也能對現實有一些認真的期盼。希望不只是瀕危的貘們，還有比人類有趣千倍萬倍的物種們，都可以繼續在地球上安好生活。

二〇二四年十一月十二日

目次

輯一 隕石．夢的殘編

輯二　歌唱傾斜的牆

輯三　陰天的我們並肩對話

輯四 揣測神祕的銀河

輯五 祝福我選擇天空

輯一
隕石・夢的殘編

親愛的陰霾你來

彷彿翻過身來做夢
餵魚，你便從霧裡回航
能再和我觸動絲線，感謝宇宙
因它每晚都願傾斜自己
掏空骨子僅剩的慈悲
我是盒，裝進世界的喧鬧和原諒
從一寸土到一隻夜鷺，或者猜想
一支空酒瓶也會點燃我搖滾的眼睛

幻變的字詞還不是懷疑論
但卻都滋養陌生的蒼狗

孤獨也想分享自己，墨色暈開一時天國
喚醒雨水們平凡的一生：

「太少擁抱是哪道牆？
是什麼樣的悠哉，你不能愛戴？」

大街必然走著舊人的傷。煩惱春日沒有你
罪惡的靈魂，啊究竟我該如何偽裝自己是自由的？

二〇二〇年八月三日

暗紫的夢諭我輕撫著它

語辭的毫刺讓它點了火
拿來刻紋，我向格子窗探出頭去
街市依然是刑虐的眼光

一條條漫血的巷路。不停地燃燒
闇黑的夢啊：那僅存的曲折小徑
繫在我雪蒼色的後脊上

風吹時草低，碎紙燼紛飛
夢諭透出血瘀的暗紫
頭緒我輕撫著它，可我不能究竟

只能選擇遷就。祕密。我前進，前進——
欣羨自己以一個不被假迫的日子
去追尋另一種不存在的安寧

二〇二一年一月七日

雨停

雨停和撲克牌之間
祈禱和廢墟之間
星期五沉默的教徒和舌尖

島嶼的邊緣仍有彩虹
走出墓園，我們才為對方的新墳
獻上瑪格麗特，薄荷奶油色的一筆箋
就寫至署名處了

來年的你我，不要再怕雪髒
向內前進。即使所有的恨情歌都已膽怯

鐵的心，畢竟怎麼品嚐
也不能算是檸檬

二〇二二年一月九日

島嶼

在上帝的雙眉之間
寬容給了我夢
也給我
命運的野獸

每日每日
我失落與盼望的羽翼
於密林裡棲息：語彙繁衍
字句不斷延伸
一座嶄新的島嶼。那裡——

池塘低吟的憂愁與異香
適合我度過餘生。祂決定
讓我活著病忍著痛
看顧這一切

月移日動，星群疾走
我有寂寞的後裔陪伴
也發現自己
與瘀傷的晝夜同宗

禱告：有誰與我滋養
淺眠的呼吸，起伏的花菸草
以凋謝又重生的悔悟
掩映虛幻的境地

二〇二一年二月六日

拾鏡夢

步驟一：挖掘

在盡頭之後
用我骯髒的手
向寡言的靈魂不斷地
挖掘
以月光的苦痛
以美
掘繭抽絲

我要
找到你
用盡我的所有力氣

步驟二：拼湊

我要的不多
此生：不過是辨識
一張
破碎的鏡面
不斷拼湊
裡頭慘綠的我
有揮不散煙塵的眼神

步驟三：塗抹

褪了，仍幸運有色
還有我最怕回顧的六月
晴空之下
燦燦然的黃昏
只有它願意
在蒼茫的煩惱上
為我確認雲的形狀
塗抹一場
已逝去的火焰

步驟四：摺疊

沒有人摺疊
灰燼的夢
他們避而不談
那一千零一個夜裡
曾使我美麗
消短又紛呈的雨聲

除了我。他們必然知曉：
那窗上留下的長短句
我無懼的指尖
以寂靜
喧嘩一生的預言

二〇二一年二月十四日

夢憶太平山

好似棄工之前
孤寂貼金箔的日子

我們一齊看
上週殘餘的月光似不動
鐵灰色的嫩芽
眼神初萌越剪還生

聽不怎麼失望的新歌
起風就發夢，讓它意志
讓它支撐
軟骨亦骨的精神——

如魅的夜燈閃爍
指不出朽牆上的隱疾
忠貞是一件容易的事嗎？
容易，是踏進銀河
我們憂傷的腳趾就覺得暖和

二〇二〇年八月十三日

時機

獨自守望著預感
害著病，以夜，巨大的隱翅——

赫米斯決定要消失
傾向在新月旅行
曖昧的潛意識之海，以及
傾向黑暗。一直關注
他美麗的鶚眼，我終於能

稍稍判斷
什麼是死過的浪花
菸和扔開的數

文字開始解凍
失樂園有它出現的時機

二〇二〇年十一月二十一日

風乎舞雩

我曾攀高
抵達神的脖子

祂的一抹笑意
為我萬里晴空

祂問：「哪三個願望？」

我答：「願我嚴肅，無可計量的
心的考驗；能醉
亦能於；往者

不返，去者不再追。」

二〇二一年四月一日

在場

平凡的日子來得太多太快
不能阻擋，我們需要臨在的名字

河畔的枝椏伸出手
和祂綠色發亮的眼睛盤腿而坐

等待下一次犯錯繼續受難
懷疑幻化作彩虹永恆的寶貝

波瀾的笑語不需要太過用力
咀嚼逝去的吻它是最好的禮物

吹著風我們緊繫著昨日的項鏈
捧住缺陷，還怕彼此就成為這次寂靜了

二〇二〇年七月二十九日

輯二
歌唱傾斜的牆

黑帝斯的輪廓

一個，或無數個
不說出口的空缺
溶解、屏斥或相互媒合

我聽見無，一棵槭樹
伸展向隱蔽
深入了沒有黑暗沒有光的祕密

不朽的英雄，我不知道
臉該轉向這裡
讓火焰繼續唱歌？或者不

意圖是羞澀是未知數
我，每個人
都抱持那連結

正視無，其他都不要面對
一無保留，現在是表演時間
為了迴響如水的音色……

二〇一九年九月二十八日

木框畫：入睡之前

我別過頭去
任由窗外白色尖頂的小教堂
熄滅了變幻的雜訊

原諒願望如遺憾如謎
不是因為神太過高大英俊
推遲過一切

因為這世界還有人睡
還值得為一朵在夜裡含苞的玫瑰
孤單出神或者憂鬱——

來生的我們
要記得此生曾經年輕
像三色街貓各自摩娑街道

用腳步重複洗滌了月光
用疑問句拉扯沉思的晨早
預言下一個夢，試著不在
相似的情境裡恐懼相同的事情

二〇二一年七月二十一日

沉睡之後的事

想必你已經知道
流動的陽光與禁錮相等的死亡
都是你沉睡之後的事了

冬日的臉龐還在窗邊聚集
堆著蒼，疊著白，口齒不清的它
試圖解釋群眾瑣碎的疑惑

我們可以離開彼此嗎？
像不管事的琉璃蛺蝶
學會各自燦爛，時而展翅

穿著寶藍或墨色的裙紗
在碎裂的暮霞鋪滿露臺之前
我們要為彼此折翼

原諒時間，但我們不願被歸納成
善良。明白這一切不過是
刻意之舉，叩問聲啄啄：

一顆孤獨自由的心
可否迎向未知的大夢？

二〇二一年三月八日

霧中約定

猶記得我們握拳
共乘一只薄舟
瓢飲教訓，累世的誓言

你是夢筆我的槳
此生湮滅之前
要一同大汗淋漓地
挺進三途川

不散的霧中假寐
是蚩尤的軍隊再來嗎？
僅以響音約定：

我們懇切的心思
燃燒，像半透明的火柴

未卸下的衣裳終燒成灰燼
彷彿歷史的風只消我們
再緊急表演一回詩人就好

畢竟星光有毒
月牙太傷修辭太暴力

慶幸仍有語詞哀傷
流成一張淒美的輿圖
為我們獻上關懷

二〇二〇年九月二十日

同一個字

同一個字
我們在夢的格子簿裡
寫
一遍又
一遍，重複寫
錯了筆順
另一遍，錯了部首
格子外再重頭
寫，我們醒來然後
一齊聽

期待相同
矛盾的聲音消失殆盡

痛，那不僅只是
一個字

二〇二〇年十二月七日

你注視著它

黑夜情感的漣漪
你注視著它：同心圓，擴大
一圈圈，擴大像未知細微的病症
慢慢危險。擴大
在雨落下之前——

你要開始懂得它的趣味
或終結。密集祈禱，並前進吧
即使卸下背包的你
不能在遠方曲折的海岸線
找到我友善的聯繫

去凝視生活：
那不被傷害毀損的此刻
是寡言，流沙，沉思緩慢的黃金
不急著辯護自己

向外。就讓它漫延
不斷地擴張它礦區的無限

二〇二一年八月一日

不費吹灰

我尋找一支手錶
冷光，靈感正在發生
梳理瀏海——
海兒斑斕的此刻
像我一場晉級的疾病
而疾病舔著雨

雨像蝴蝶飛。黑色的斑點
慶典揮舞他苦澀的手
他該是善良有禮的人
但我沒瞧見
渺小的燈火接替夕陽

再見，再見。琥珀色月光
陷入鬧鐘，塵世也該有自己
亮光的眼睛
噢，我要確認自己是新鮮的手風琴
流瀉音樂的心情多摺愉快
即使你不在週一的迴廊裡

二〇一九年十月八日

週末夜間寫信

——讀楚影《把各自的哀愁都留下》

週末的悲傷
有時是陽臺一棵野醒著的盆栽
枝繁葉茂
但無法辨識品種

有時則像故事練習
不小心溢出了雲朵
持續編織明天的副本
平行時空另一個你

關不掉夢的多重頻道
無法捨棄靈魂之間的對話
此刻，我寫信給你
有這些注意事項——

例如：時間需要安靜
要避免寫進週五的月光
黑洞，一個個狹小的心眼
如同刪節號重複……

上天再一次為我敘述
反覆反覆的謎語
可我這次要把溫柔對摺
收起，藏在口袋的最最最深處才行

還不能高速墜落，一直愛
不在最熱的日子降下冰雹

無視你，那樣自顧自地矛盾度過
星星飽滿夜空的夏季
上癮：那是我過人的天賦

二〇二三年十月十二日

霧霾街四十七巷

在虛實交錯的都市沼澤
我們擁有哀歌一首
各自高樓，孤獨燃燒的火把
不理會那些孿生的建築
看逆光的輪廓線兀自流動

路燈拉開肩距
行人近乎傷感主義
是優雅，一天天別過頭去
這個夢還不夠完整
我們必須推遲：所有神祕主義的沉思

我想過認真的睡前禱告或晨跑
不是為了除去肩上的罪名
還沒有找到真正醒來的方法
持續開窗寫詩
不留下它無用的木頭

為我們創造一道斜坡
解釋——

不幸，讓它順勢滑下
我願相信：
我們能再次模擬夜鶯
佇立或展翅，穿梭於迷宮
以小小的肺歌唱自由

二〇二二年十二月七日

書寫我自己

「剖開這些字，會有血流出來；那是有血管的活體。」
——愛默生評蒙田《隨筆集》

在我一次次
潛藏犧牲的學說裡
如果你選擇信服
那裡仍有晴空、灰臺階和
動人的大理石雕塑

夢想保護著你。雲回頭
如同那一天在花園裡選擇殊途
前進。那些遺憾是新的八月嗎？

你說孤獨，召喚我百萬次
名字的廢墟。複製在我們的時間之上

複製偶然的反諷季節
層層疊疊多次，讓這懷疑的玫瑰
一杯傷口
習慣不可分割的黑色宿命
沉醉於憂傷

我的天真完整且赤裸
我相信怯懦的春天也是我的惻隱

二〇二三年九月六日

輯三
陰天的我們並肩對話

日全蝕

點數鼻尖的氣息
想著鎖，想鍊
戰艦灰色的天光
應該還不是末日的圈套

你說要留下
卻每次都找藉口離開
要不今天
我們就一起浪跡天涯？

不要戴口罩出門
用馬尾甩去說謊的日子

一個個
張大的嘴巴
彷彿看著自己
瞬間逝去的煙火
悲傷又無比燦爛的吻

醒悟夢的地平線
我能拿悠悠的髮香做什麼
荒唐的愛又再過了一週

二〇二一年二月二十一日

草莓

雷電觸擊宿命
可惜你尚未修煉成正果

不管錯亂的時空，岩石裡
有億千萬個屬於我的罪狀
那樣無情地壓縮

為使你容易辨認
我在胸口緊急種下新的傷痕

那我的一片小小田地
以金身銀帽的鋼筆

在上頭刻寫：
「重新
活一遍。」

二〇二一年五月二十三日

牆之外：解說希望的方式

當下雨時我說我愛你
俊美的魔鬼，帶著心的鎖鏈
不只輕吻沉默的樺香
你是我，另一個年輕失落的自己

牆之外，這羞恥荒涼的空地
有誰種下希望的鈴蘭花，不需要語言和資格
如今誰還願意解說自己的命
成為真正莊嚴的素材？

踏進我們從沒參與過的時間和空間
你不會失望，我仍是喜歡旅遊的棋子

在這尚未腐敗透頂的世界
有人醒，還有淺薄值得分享的愛

這偌大的宮殿廢墟
有飲不盡的醇酒，花器或多肉植物——

來找我吧！在深夜裡不要反悔
一起脫逃成為罪犯，黎明的雨停之前
手交疊著手，探訪高冷的神像，讓我們
不留餘地好好地哭

二〇二一年七月二十六日

隱者的信仰

——憶記置地廣場Xpark海月水母

不用取暖
我們不需要沉澱
不必過分好奇幻覺的夢

故事結束了，還有一朵朵唱和的雲
我們願意在末日前獻身
輕盈地活，聆聽裡頭的哲學問題
任由水流拂過我們軟弱的斗篷
變化萬千——

是隱者的信仰，讓我們死前的回憶
醒覺。那一個潮起浪落的夏天
該有詩歌嗓音，充滿韻律的氣泡
映照苦或悲傷的海水

不是很懂你的疼痛
可能需要改寫殘酷的童話
不要現在就醒來，開命運的玩笑吧
總是要給虛無一盞燈亮的

讓我們苦笑
猶如這輩子無止盡的漂移
曼妙透明的你
不要停下令人痴迷的舞蹈

二〇二二年十一月二十日

在八斗子車站

「海不是虛無的愛
因為它給予懷疑的漁者
每人一顆貝殼……」

無罪的人群一路
擦肩而走，遠離裂隙中的我們
海就這樣靠過來了

慘淡的日子猶撐著
黑傘，各自懷想美好的幻覺
這是我們去過
最遙遠的一次白日夢

雨偶爾慷慨，選擇穿越我們
自行抵達地平線的胸膛
它不保證給彼此純潔
如同你不願意為我承諾更多

我站在你身邊
以為愈來愈多的浪花
也是在模仿或取消我以為興趣的
浪漫，那樣突然湧起
無聲：瞬間懸盪，然後
迅速，退散
　消逝——

每個暗夜我都渴望
回到那裡，讓超越海岸線的

浪水無情割傷我
使你看著想著覺得不捨

背對灰燼的人生
我願意雙盲一路無悔向前走
走入海中，直到你願意
疾聲呼喚，強拉住我的手

二〇二一年六月五日

在淡水漁人碼頭

你看海
我看著你

旅行無數的海浪
沒有人知道她最初的模樣

我們不能
一次解決所有的問題

但海如此溫暖
可以包容一些矛盾的輪廓

海，不是苦海
愛情在裡頭滾動
這還不是最遠的地方

活得懇切的兩個老靈魂
一次次的經驗，再過去會是什麼呢？

如果海，讓她恣意
在時間裡洶湧
如果讓她
再凝視我們一次

也許我們能變成
踱步的飛馬
或者，隨浪奔騰的獨角獸了

二〇二一年八月二十四日

之後的時間不斷的藍

你看
海生的事
凡事皆無事

你聽
這不間斷的歌劇
中低音的礁石醞釀
新角色，高音
有鯨奪去——

之後的時間
不斷的藍
不斷了無信息

在防波塊之間
躲藏著
黃昏與貓，彷彿海風
與我一起互生互存

——彷彿
是寫歡快一點的歌
春日的大衣
飄飄，終究如
一片浮雲

二〇二三年三月七日

問卷調查

我在白紙上列出問題：

今天可不可以搭公車回去？
這一隻究竟是斑鳩，還是鴿子？
你的愛是相觸的刺蝟
可否一直扎著我，流動心傷的河水？
我能再聽一次你唱歌嗎？
這隻還沒收回的手是要牽我
還是捂住我的眼睛？
你覺得這顆星是笑，還是哭的？
站在懸崖旁，我們要採花
還是縱身跳下去？

我不是彩虹，是否
還能給你一個甜美的夢？

如同理解：
黑是墨，橙是水果
灰是簡樸的石階
紅是你在我心裡點燃的火

即使今天
你只說一句話
我認為那都是
深具涵意的回答

不算太遲吧？
我想回收你茁壯的孤獨了

二〇二一年六月六日

答案

一隻喜鵲撞進了我的懷裡
我以為那是春天留下的禮物
是它忘記
要取回自己的鑰匙

歌唱，午後愉悅的風鈴持續擺盪
一扇不該開啟的大門
竟被我打開——

那時大杯熱鴛鴦還沒喝完
我還沒決定：是要練習無糖生活

還是續寫一首
蔓延到世界盡頭的長詩？

可是，風景已經著根有了它的新土地
我還來不及決定

喜鵲不能明瞭我的歌唱
如同我不能理解寂靜沒有形狀
絮絮叨叨的牠
提醒我夢嘆息的方向——

原諒春天是健忘的貴客
腳步輕盈。我們有不同的來歷
適合對看，適合將荒蕪的雙眼凝成
透光的琥珀色

二〇二二年四月二十一日

練習說謊

盛宴之後的我們
褪去街道上歡愉的藍
各自回到生活，默不作聲回到
各自漂流的火裡灰燼裡

斑駁的牆面貼著詩歌憂鬱的臉
光的嘴唇吻住疲勞的影子

有人曾在書中叮嚀我：
「舉起劍好嗎？成為
一支拐杖，不要獨自在故事中腐爛。」

如同雲，也曾穿越那扇窗
合併之後還能成為
星期二眼底的雨，而我們
接替它的位置，不斷練習對世界說謊

回家時我們仍要是
懂得喧嘩，用力愛的孩子

二〇二一年六月十五日

輯四
揣測神祕的銀河

雪恩的凍寵果

換了木頭椅換了
白瓷的杯子和日曆坐下
卻沒有換掉命運坎坷的眼鏡

一切的偶然選擇歌唱
或重複寫字，沉靜的火燄
還在書迴旋的悲傷裡
活著。夢中燃燒的蠟油
沿鋼索滴下，將我囤積於腳踝邊

淹沒。等待世界的記憶無盡
闌珊得只剩下我們

沒有時間再去想了
我只能原諒這平凡的一天
如果一塊布丁
專心維持它的軟度與甜膩
你怎麼能在窗外下雨？

二〇二〇年三月一日

二輪

遺忘，也是一種慾望
我要清空手中的所有
關於你的
最後一副牌

照片：你深棕色笑意的眼睛
使我陷入黑洞

深呼吸
吸——吐——

吸。思想鬆懈的肚皮
文字滿布皺紋

吐。一串語法錯接的翻譯字幕

我忘掉本來
這是靈魂的異鄉
這屬於哲學層次的旅行

二〇二〇年八月一日

憶甜水鋪

我知道這一天的盡頭
有你的細緻
不過，再走過去呢——

甜品都嘗盡了
留下多少時間的雪芒？

不愛是罪
不夢想是荒謬
世間漫長如小說的旅程
眼前只有細雨綿綿

在金黃色的阿勃勒旁
我們不如暫歇
彼此皆對，不行過下一街

二〇二二年五月十八日

回溫

碎裂的花瓣，那小小的鏡面
河是在印證我們日子的消逝或永恆？

逐漸回溫的晚上
我們確信：每一顆大小不一的月亮
都已坐上一片金鑽蔓綠絨
各自流進大海隱密的口袋

血色的珍珠，沒有足夠的愛能握住
走著走著竟然又掉落腳邊來

無論我如何縫補
時間的身體總有小小的破洞
明日他會不會回來？不知道
後來，信心不夠的太陽呢？

不壓抑的愛，假設太難
今夜我們不要解決過於龐大的問題

二〇二二年五月十八日

異同處

兩幅圖：神諭似有風，牆無縫，雨前驅之不散的鬱悶感。短篇小說不能盡知的處處伏筆。還沒解開的紳士高帽蝴蝶結，貓尾巴的躲藏。夢貼在額頭之間，傘或是自動筆，你不能阻止想這一切可能的危險。

撲克洗牌後手疊手，黑桃顛倒的字母皇后。她的神祕，是莓果熟透的微笑。

二〇二〇年七月二十五日

疑統處

唱王菲的歌，但願不作蘇軾也長久。三生三世十里桃花看三回，過了青壯年十萬年仍能愛依舊悔。咀嚼交換忘情藥，嘴裡揮不去香氣的京片棗。我錯過你，錯過隱匿的歷史，從沒錯過沒有贏的戰爭。

一生，我不過精彩活一場心理戰。

二〇二〇年七月二十五日

遺痛處

複習早午餐的習慣理論：羅勒草地、牛油泥濘和像雪的大蒜。你有你焗烤的蝸牛，我有我的殼。快樂主義不是四季一望無際的海。窗外浪來紅，浪去綠，人生點點滴滴光的哲理。

風鈴為我搖擺晨色的歌，一次次，它不能抹盡我曾幸福的痕跡。

二〇二〇年七月二十五日

金色的憧憬

寂靜：一種信念我們無法抗拒
不只是探看盛世，在那一刻——
夕陽遲緩的光，像是園丁飽食後抬頭
隱蔽他的苦楝樹影
做夢時也伸出數不盡的手
有強烈的層層疊疊對世界的溫暖

茁壯著。尚未頹墮的紫色花園裡：
我存放童年剩餘的煙霧
花草知道我此世
渺小的名姓，知道我

殆盡的願望裡仍填滿細節
黑歷史和幸福，而今都是夢想

如同用一場午後雷陣雨去接納
荒唐的藝術電影，接納我們
曾經如沙參般苦味卻不復存在的歲月
意義：不過存在於詞彙的瀕危族群

還有什麼法子返回家園呢？
除了季節幻變，我雙眼的冬衣
已全用理智的繩索縫合起來
來放棄敘述吧！我們能有多少祕密
幸運，正同與硬幣一枚枚
沉甸甸地平躺在池底

二〇二一年六月二十六日

抵達，或我們罌粟色的驕傲

——致詩人劉曉頤

設想：倦懶的炊煙還是能
抵達天堂。我們雲絮色的意志
在用盡憂傷的大門旁等待
聽詩盡情地舞蹈

祂有堅強的手臂
為了搖散靈魂的飢餓感
那明媚春天的窗，點點是韻律
節奏，為了飄動霧的蕾絲

語言。神聖的心臟
在裡頭，甦醒一枚停擺的鐘——

祂說：「進門吧！我的孩子們。」
晨的祈禱，讓彼此交換傷口的藥
重寫一章耳朵的輪廓，再朗誦
城邦宿命的情感學好不好

如果能叩一次門
便留一次上帝夢的灰燼
笑語有千金重，那罌粟色的驕傲
我們可以收留我們懂

或一次次寂寞的回音
升調響起。它們還等著詩人的命名……

我們不過病愛的囚徒
嘆息裡摘桂冠葉孤獨的一隻手
我想知道：還有誰也踟躕——
迷失在前往集合隊伍的中途？

二〇二〇年六月二十五日

在夕陽下行動

欸，說話別客氣
就算黑雨來臨為你結束了遊蕩
日子不過就是對齊鈕扣
喝蘇打氣泡水，一次次手插口袋
我們要用微笑，用紅紅的哭鼻子
用力去踢前排的座椅

別怕呀，帥氣的霍爾頓
我們有不敗的鴨舌帽
好好拿著青春，一條歪斜的領帶
讓韻律和節奏彈開

那時鏡子裡的你意氣風發：
詩還太傻太天真，還不是你真正美麗的名字

扯掉煩惱好不好？我們再一次詮釋
繫上新的驕傲就不糟糕
熨平襯衫，在你重新出版的日記
幾乎沒有陰影，神一直都在——

如果重返遊行，你要自顧自地避開
天龍國居民、野獸國路人
那一個個夾得過久而變形的項圈
破的波，脖子再次顫抖
我們徜徉在大街上
吹起了自由，文學燦爛的泡沫

二〇二二年五月二十四日

仍冷，像空了的水壺沒有水

站在窗後，我們隱藏好自己
背對著門牌號碼。何時可以像本書攤開
自己？如果我們願意卸下一些字
卸下凝視遠方的眼睛

關不掉爐火，冬日的陽光照耀著
仍冷，像空了的水壺沒有水
乾煮著煎熬的心

煎熬著那些蠢動的夢想
——猜想你也是

苦疾的路人，張望迷途的指引
怎麼前行？昨夜已用盡幸福的燈
就拿偽完成的詩首燃燒幾把熊熊火舌
去悼念我即將消逝的影子

二〇二四年七月四日

輯五
祝福我選擇天空

夢占：在霧台部落

雲湧動的故鄉
夢占，我們起火祭祀——
許願的時間像百步蛇爬行
沿著岩板巷步道
一階階向上，將冰涼如水的暮色
刻進壁畫和併排的石板屋

縱然是瞥然的一瞬
每個夜晚，它額頭的亮光
都是在為我們解釋

無盡的
生之滋味，死之謎題

二〇二一年三月二十五日

Good night，好的夜

Good night，好的夜
我說：「晚安。」
惶惴不安的灰燼
粉末飛揚，碎裂的祈禱聲
那瓦霍白色的嘆息
我都已經寫下

決定，我給你的
偽裝成一則未讀信息
在著涼夜的櫃檯上停留
即使月光鬆弛

車流擾亂漆黑的河
回憶之鎚再也不能撼動你了

我終於明瞭：
別留長思念的卷髮
夢的冒險已宣告結束

說了，說了那麼多
你聽見了嗎？
再次Good night，祝福這是個好夜
我輕輕說：「晚安。」

二〇二〇年二月二十五日

湖邊

這一天霧已經散開
綠草茵茵，暖風徐徐

紅鬍子的詩人
朝著湖邊小船漫步走去

咖啡色長帽低垂，可還有
令人欣羨的疲倦？
是耳朵遺忘在杜比尼花園
或另一個上鎖的房間？

夕陽為他低首凝神
守住波光粼粼
而你，看他
如同湖邊
一匹靜佇的白馬

二〇二一年四月七日

高貴的睡姿

當群星停止燦爛時
我發覺雲和白色瑪格麗特都太低了
不能重複你曾歡唱的歌
倖存的旅行者們，也還不能
對著一封長信深談自己

太過飢餓，有人焚去包裹裡曳長的希望
寂寞難耐，有人練習仰臥英雄式
孤獨在深山裡祈禱
再次深呼吸，讓自己坦然化作貓形

睡吧，為了我們——
尋回一顆遺落的心
溫暖的夢的河床布滿碎石

讀讀雲霧，翻翻那出血截半的句子
噢，像鐵了心的缺乏
一切是發著癢的預感
是它在小聲說話
仔細為我們說出命運和秩序

二〇二二年七月二十五日

卸下左臂在瑕疵裡航行

今晚，我做的夢
適合秋天，適合耽誤一整個早晨去回味——

孤獨的風琴手
紅色落腮鬍的吟遊詩人
來，讓我們並肩而坐
像點數復古黑膠卷
一次次義無反顧地回顧世界

日常是薔薇理想多一點
窗外海水的鹹不斷地逃
脫，又陷入苦痛的刺的語辭

我們不斷重複的態度

不只是浪。噢！那來來回回
未竟的書信，迂迴地表示自己也有
迷人的感覺。拿住血的繩線
聆聽它細緻的聲音

三千髮白的嚴肅，我們生活
卸下左臂在瑕疵裡航行
彷彿遊戲才到一半。不知道是誰提到：
「我無懼與世界為敵。」

於是不得不勇敢了
我們來不及拆穿的現實零件
那一開始的夢
總是寧靜蕪雜的

二〇二二年十月五日

思想

擦掉破窗口累膩的雨
邊舞邊飛走吧，夜螢
你痴迷地飛翔，手勢
錯綜時間，如何能接近我
低語的森林？

一把把疑惑的火焰
愛點燃宇宙能量的傲動

慈悲的，我遲歸的心
飢餓且病著碎石頭

此刻才從野地重新建設起來
不願思想咳嗽的來由

我不去澄清
已反覆變幻累世糾纏的天色

又再轉醒，如同愛，自廢墟鐘響裡
重生。眼睛死不去的雲絮
我咀嚼那暗示重重
以凝視填補隙縫
唉，我假裝哲學的維度

此生假設良好的詩人
能活能拉扯能在乙太層站立

二〇一九年十二月三十日

黑暗的快樂落在紙上

類似園丁的疲倦
我學會逆著光生長
柔軟的身體磨難
易碎的思緒雜蕪
與時俱進成
一座龐大的灌木叢

浸潤月光的水槽
夜夜開啟
極愛夜的我
也重新攀爬格子梯

一階一階聆聽
內心懸掛透徹的風鈴

不顧濕了衣裳
我要將牠們修成
失眠的兔子
多嘴的綿羊
或剪成傳說中
醒悟棄世的印度象
歡快美麗的駱駝

無盡的黑暗的快樂
落在紙上
由我收藏不完

二〇二〇年三月五日

撿石頭

收集剩下的光，末日前
讓它聚焦，灼燒我們的雙眸
從即興的淚的地方
接近，接近彼此對命運的信任

如果這是來自睡眠的一則訊息
我記得，你必定是在不斷的奔跑之中
學會了躲避生活：
你和你殘疾的雙眼
那四條腿，枯槁地纏在一塊已經有幾百萬年
你在事實裡倒盡了星空

為遺憾撿新的石頭
為落葉們成就一片嶄新的森林

寂靜的細雨驟然而下
選擇最圓的謊言。我的歌頌
別再哀傷欣慰的夢話
除了這些，還能為你做些什麼呢？

二〇二三年十二月九日

Goodbye

處處坑洞泥濘未卻
那一場春雨過後
你心中無憂的蕭邦
仍嫩綠，輕盈
飛躍似彗星嗎？

流浪的吟遊歌者啊
那時，誰都不能阻止我們
舌面上狂奔向海
一顆顆不羈的石粒
滾動成詩

我們曾在街道思想汪洋
一路攜手轉圈，用長髮跳舞
開展黃昏時的大夢
不去想，誰會阻止我們
再聽一回
車窗映流的舊時光？

曾猜想適合的姿勢
角度，我們究竟用什麼哲學
自拍上傳？招惹這不堪的世界
同時感動而且憤怒

我們也曾臂膀挨著臂膀
高舉歡暢的筆
勾選哪些罪惡是值得的紀念品
或再寫朦朧拙劣的詩
即使明日的青春

不過是餓狼世界的嘔吐物
不過是暗夜祕密的鐵鏽

Goodbye, all my love
就在春天，輕輕把腐朽的藍圖攤開來
那就是我們破損的愛

痴痴談論著不朽
最後，以疼痛的恥骨為記
各自昂首闊步
認真來一趟
朝聖重生的旅程
試著新寫《我愛憂美的睡眠》——
那裡我對你曾迷戀的恨
如今全躺在海底

讓它凝結成
大規模的媚嫵的珊瑚骨

二〇二二年三月十日

有誰代替你們歌唱

陰影的夢在枝頭歌唱
春天是疾病海洋盡情的哀歌
我不要允許這些
是她，帶走我一船又一船的旅客

（想念曾在風裡匯聚
裊裊成形，一顆，迷宮中的棋）

有誰越過黎明？代替我
站在千萬年之後的這裡流血
開出一朵朵紫色的鈴蘭

（如今煙塵潛行或散去
成為種子，在風裡尋找嶄新的記憶）

有誰代替疲憊的你們歌唱
再次甦醒？讓轉世記憶清晰的我
為一切犯下罪行

（或者讓我返回覺醒之前的一刻）

二〇二一年三月二十五日

相信：海貝色瑪格麗特

結束之前，我們去收拾艙口那些海貝色瑪格麗特。

浪潮，看望她們的生長，一次次季節歷久彌新。

我們看過太多庸俗的節目，不讓星球說出一切，甦醒，並恢復原狀。要相信自己，就像相信粉紅氣球，飛翔在孤寂的天空。一路上，我們鉤起沉沒的夢，它們在公海的底部，不曾被解說。月光揭示古舊的圍城階梯，我們將與矚目的歷史攜手再回來。

二〇二二年六月二十六日

後記

等待命名的夏天

完成《夢之貘對我說》已經過了好一陣子，但我卻沒有急著出版詩集。在慶幸內心逐漸回穩的同時，我對信仰的追尋變得更為迫切。無論是密集寫作或無法動筆的時刻，我盡可能地投入生活，想要好好呼應上天賜予我的人生禮物。

我要打開所有感官，去體會詩人在這混濁世間裡的清醒。

一邊持續服藥不願服老，一邊身心靈各顯其招，我以平常心驅散情緒不時堆疊起的烏雲。即使一天的日子看似平凡如常，那麼一瞬間灑下的晨光看來動人，韓劇網漫和水果千層蛋糕皆美味療癒，能暫時助我一天過一天。

即使擁有這些瑣碎的美好日常，可以讓人體會到生活穩妥的真實感。我仍不時想要終止這一切，預設好各種逃脫的可能。

那時龍山寺算命老師指點，認為「行政」於我是一條可行之路。南無大慈大悲觀世音菩薩則在靈籤詩中多次提點我「先難後易」，這一路並非順遂。一年多來，為了將後半場的人生馬拉松看清楚，賽區究竟是什麼模樣，我轉換跑道逐步調整視野。原來，課題處處都在，心的修煉何處都能進行，以前的我不過是顧影自憐，自己囿困自己罷了。

能重新閱讀創作、寫日記，多麼美好。以為不能暢所欲言的我，不再苦苦糾結事件的本身。當行政工作有許多窒礙難行，我也能盡速擺脫走心的自己，投入下一件可以成就的事。我不急著解釋與澄清，我用行動證明。與時間拉開一段距離，之後再看過往種種，我發現自己竟有些成長和改變。

我再次體會到：簡單的事情持續去做，就真的不簡單。我重拾散文之筆，好不容易寫完一本日記，意義如同寫完一部學位論文，想來都是人生難得之作。雖然我能暫且總結這段日子的體會，思想比過去更寬廣、境界更高，然而用文字歸納，說穿了仍不外乎還是那些：吸引力法則、不斷地體驗、正念、利他行動等。唯有親身嘗試過後，刻在靈魂裡的教訓，才能真正帶著走到下一世。別人代替我完成的，並不屬於我；而靠自己獲得的，誰也奪不走。

我也重新開始寫小說，一部是以當代時空為背景，現實主義的小人物生活；另一部則是仙俠言情路線的古裝小說。為此我更忙碌，讀與寫的自我成長，又變得更有目標一些。我暫且把「寫得愉快盡興」擺在首位考慮。改換創作文類，也是為了守護「詩人」的我。寫詩，需要短暫歇息，但不能停止。不是為了其他實質目的，「寫詩」只有靠自己才能做到。

這一個逐漸遙遠的夏天，如果我能為它命名：大抵是類似薄荷茶的香氛，醒覺了自己的身心。打開一道靈魂曾經閉鎖的門，納進星光，讓每一個人都可以回到愛自己的時刻。

二〇二四年十二月二十五日

致謝詞

謝謝您們

感謝家人包容我的任性與不完美。感謝朋友們對我的關懷與滿滿的愛，讓我知道自己無論寫詩與否，你們都支持我。感謝研究處夥伴們的陪伴，以及因推廣組而新認識的朋友們，這短暫精彩的行政時光，使我在無詩的日子裡，仍充滿新奇深刻的人生體會。

感謝詩壇前輩：方群老師、李進文老師、焦桐老師、楊宗翰老師、廖偉棠老師、簡政珍老師。感謝老師們的推薦，鼓勵我持續耕耘詩歌的花園。

感謝前輩薛赫赫細讀拙作，為我撰寫大篇幅的推薦序，她顯現堅強、定靜的靈魂修練，是我學習的模範。感謝胡爾泰教授時常訊息我，帶來溫暖的問候，深入淺出的詩詞知識，滋潤補充我匱乏的學養。

感謝詩人姚時晴為我推薦、協助宣傳。感謝《從容文學》張紫蘭總編、《野薑花》靈歌大哥與《乾坤》曾期星大哥的邀稿；在沉潛的日子裡，他們不曾忘記我，時刻守護我的詩心，使我在庶務中仍獲得文學光芒的照拂。祝願彼此在忙碌的生活找到平衡，和詩保持愉快的聯絡。

感謝詩人劉曉頤一起在詩歌的路上相互陪伴、支持與激勵。因為有這樣美好的朋友惺惺相惜，我願意堅持下去，勇敢追尋夢想，以寫作為自己命名。

感謝李瑞騰老師多年前指導我論文研究，完成《臺灣戰後出生第三代詩人之都市書寫》；之後老師又為我撰寫多本詩集推薦序，鼓勵我將詩歌夢逐步化為現實。這一份期許牢記我的心中，我願持續精進閱讀與學問，使創作更上一層樓。

這部詩集獻給《秋水》主編涂靜怡大姊，願她在主的懷抱裡安穩，在天之靈如詩一般美好寧靜。我不會忘記那一年，屬於彼此一期一會的蘭溪秋水詩會。

詩評

撫摸瘀傷的深邃神祕夢諭，刻紋自己與眾人的銀河夢

——薛赫赫（靈視派詩人）

前言：貘的夢境語辭密林

詩人陳威宏的夢之貘對他說出了甚麼奧義？在他的語辭密林中伸出的枝枒究竟要觸碰甚麼呢？

詩人威宏延續《我愛憂美的睡眠》（2018）詩集中的核心主題，持續接受月光召喚，是深夜文字牧場的牧羊人，持撮口呼方塊字咒語，開啟月光祭司職能，在腐朽日常中修煉，洗去輪迴髒污，凝聚魂魄輪廓。

在《獨角的誕生》（2020）中祈夢，啟動元始天尊工法：「以心為鏡，以夢為靈」，霧的質地伏流神話底蘊，繁衍夢碎孢子，月光碎片隱匿夢境結構，咀嚼語詞草原，擾動心

靈花園，繁複滋長痴意尖刺，這是詩人威宏在無明水域中，與他相互照見的獨角獸。

獸，看著灰燼，設置謎題，詩人威宏不能撼動星辰，只能堆積殘骸，反覆確認自己的位格，繼續指尖魔幻，灰雲黑線編織深井，語詞鏽蝕自我輪廓，讓莎草廢墟成一枚新夢，救贖「因詩招罪」的刑罰。

「因詩招罪」，持續對詩人威宏詩途與生命進行鞭笞，是神聖的鞭傷也是榮耀的記號，但創作神魂與肉身魂魄未整合歸位前，容易陷入遮障謎霧。是以，瘀傷與廢墟意識伏脈於整條創作長河，推動著進到《夢之貘對我說》（2024）。

回到貘曾經出現的時空，尋找牠的足跡。《說文解字．豸部》描述著：「貘，似熊而黃黑色，出蜀中。」《爾雅．釋獸》給出形容：「貘，白豹。」兩者都說出形體顏色。郭璞說出貘的口糧，牠能食銅鐵與竹。《漢書》將貘奇異的拼貼形象說得更完整了：「其獸則庸旄貘犛，沈牛麈麋，赤首圜題，窮奇象犀。」出現在讀者眼前的是綜合了熊豹牛犀特徵的合體獸。

貘在歷史中漸漸轉變職能，人們將貘的毛皮製成座墊、被褥，藉以避免疾病和厄運發生，甚至繪製貘畫避免邪氣入侵。貘，進入日本文化圈後，化身為成吃食人夢維生的異獸，從「避免厄運」變身成「吃掉厄運」的祥獸。風靡全球的寶可夢圖鑑出現了催眠貘，夜深不眠且記得自己的夢，還擁有著預知能力。專食人夢，喜噬甜美夢，尤愛小孩的夢。

或許讀者會好奇，與夢境產生神奇連結關係的異獸貘，想對詩人說甚麼？貘，是否為詩人展現了夢中幽密風景？貘，在施展異能時，能使詩人免於噩夢追索嗎？是否能從懊悔遺憾的黑洞中離開？通過貘、成為貘能夠讓詩人超脫拔升現實嗎？我們看見貘在詩人語境中，可以是高於自己位面的引領者、神諭者，也可以是訴說焦慮與渴盼的心靈夥伴，更可以是內在想要進入靈性位面的所望。

壹、尋找謎底

一、尋找從罪刑束縛中醒來的方法

綜觀詩集，除卻生活上微微亮開的思維情緒切片，詩人心中有所望，保留一座珊瑚骨海洋，返影生命本質的探詢，在自我提問與辯駁中，反覆踩踏出貘的足跡，吃食自己的夢，咀嚼自己的夢，吐出觸碰真實的枝椏語言。作者習於在具有份量的字句外，植入自己的情緒情感密碼，在獨屬於自己的幽密空間，展現自己的意志與力有未逮時漫捲橫生的語言枝葉。

詩人在淨化的旅途中，選擇以詩歌做為錘鍊與朝聖路途中的拐杖，那麼詩人要在什麼樣的狀態校準核心，以致於可以通過智慧之神赫米斯．崔斯莫吉斯提斯（Hermes Trismegistus）走向創造神亞圖姆的神聖殿堂呢？如何在詩境中讓擁有宇宙心智的人類，在沉思默想中活在亞圖姆的心智裡頭？如何沉思亞圖姆，在水星知識之神赫米斯的指引中，將散亂、分裂、對立的心智碎片聚攏成全，感悟宇宙心智的一體性、整體性？

讀者進入〈拾鏡夢〉的四個指引步驟，看見第一個步驟：詩人說出自己在月光加持下，以美抽絲剝繭，認識挖掘苦痛的靈魂處境。步驟二則是嘗試進入辨認自我形象或萬物形象的過程，在破碎鏡面中不斷拼湊組合。第三步驟確認雲的形狀，儘管流動不居處於變化是雲的體現形式，儘管知道這可能是頭腦的慣性將會帶來煩惱，陷入連火焰都無法淨化的焦慮，但詩人甘於受刑於此。

步驟四又回到雨的意象，我們聽見雨聲與祭司旱地祈雨、預言的相互繫連，活在不斷訴說故事的處境中，使我們意識到一千零一個夜的訴說前提：為了拯救無辜被波斯帝國國王遷怒的女性，宰相女兒珊魯佐德成為新嫁娘，通過每夜說著待續的故事，一夜一夜越過被殺害的命運。這些引起國王興趣的故事，將國王帶離情緒陷溺迴圈，珊魯佐德的勇氣與智慧撫慰療癒了這顆受創的心，不僅將國王從背叛傷害的深井中救贖出來，重新獲得愛的能力，也拯救了無數原本將在初夜後被絞殺的新娘宿命。

曾經輝耀著詩人的雨聲，是一千零一夜裡頭盤繞著詩意、哀歌、頌讚、謎語、預言、罪刑、宿命、遺憾、相互註釋的旋律與宣告。雨與語，在亙古時空中祭司祈雨口呼咒語，詩人日夜覓語，荊棘密語貫穿著詩人現實與夢境、現實與理想的主意象與主課題，詩人的語言之途即是對美善、真實價值的抽絲剝繭之途。

於是乎，我們可以將〈週末夜間寫信〉：「枝繁葉茂／持續編織明天的副本／關不掉夢的多重頻道／反覆的謎語……」，放入這座廣袤的吟遊夢境中，與〈霧霾街四十七巷〉：「……哀歌／這個夢還不夠完整／還沒有找到真正醒來的方法／為我們創造一道斜坡／解釋／不幸……」一起並置，尋找謎底，尋找從罪刑束縛中醒來的方法。

二、一千零一夜的語境謎題：罪刑與懷疑

如果追問〈在八斗子車站〉這些無罪的人群一路要走去哪裡？背對灰燼人生的緣由？直到你願意……承諾的對象是誰？在我與你之間建立的關係是甚麼呢？讀者可以試著跳入其中，感受「我站在你身邊／以為愈來愈多的浪花／也是在模仿或取消我以為與趣的」語境，是否足夠回答海不是虛無的愛？

「海不是虛無的愛／因為它給予懷疑的漁者／每人一顆貝殼……」／／無罪的人群一路／擦肩而走，遠離裂隙中的我們／海就這樣靠過來了／……／這是我們去過／最遙遠的一次白日夢／……／每個暗夜我都渴望／回到那裡，讓超越海岸線的／浪水無情割傷我／使你看著想著覺得不捨

一路擦肩而走的是懷抱珍珠、愛、真理的貝殼，浪花模仿懷疑的漁者，海卻應許尋道者：它不是虛無的浪花。

每個生命手中的貝殼都擁有愛與覺醒的機會，縫隙是契機，一旦打開來之後是否能擁有愛呢？如果當我們回到一千零一夜的語境中，似乎謎題便是樂觀的，祈願閱讀深度可以乘著詩歌波浪動力，推向有所指涉的背景中安頓懷疑與想像。

處於死亡陰影中的新娘珊魯佐德，面對著決定她生死命運的權威主宰時，是怎樣的來源才能承擔與賦予她生命姿態與勇氣力量，這是一千零一夜中最奧祕隱微、也最有價值的地方。

隱晦的語辭或修辭落在死亡、罪行的審判意識上，將會開出甚麼花朵？又或者是成為一堆龐大的海洋珊瑚骨？

在〈黑帝斯的輪廓〉中，讀者能夠一起去聽見無，它伸展向隱蔽不朽的英雄，讓我們的臉可以轉向火焰，一起去歌唱著無，抱著空無溶解在無邊的音色裡。

黑帝斯（Hades）看管著黑暗無邊的冥界，祂的名字語源意象帶給讀者無限的暗示，在語源學裡前綴「a」作為否定詞使用，讓動詞「看」被演繹為看不到、看不見，這樣一種無可視、抓摸不定的狀態產生神祕的意味。為什麼黑帝斯是看不見的？是人類不能看見死亡本身，以至於無法洞穿死亡的奧義嗎？

有趣的是，在羅馬神話中祂又被稱為普魯托（Pluto），語義中具有「富有」意思。為什麼死神冥王與豐盛富有會產生聯繫？赫赫覺得這是面對死亡的一種回應方式，也是人類對必然會走向死亡之途命運的一種積極回應。

這一棵伸展向隱蔽的槭樹，如同種植在西方墓園的絲柏，提醒著生與死的界線，有助於生命面對障礙、免於恐懼的糾纏，正如人眼無法看見的黑帝斯（Hades），指引著人類超越自身對死亡、對一切未知恐懼的避讓心理。終其一生身處黑暗無邊的冥界，看著死亡、看著黑暗，這就是黑帝斯冥神的深度，也可以成為詩人拉開火焰簾幕後，凝視與連結的詩景。

三、夢境語境揭開命運的神諭：膽怯與寬容

讀者與詩人一起躺臥英雄式，坐在生死的界線上，坐在光明與黑暗的邊界上，讓夢境成為轉換的陪伴，正如冥神在不可見的深邃中看見豐盛。

死亡前，在最後一次的呼氣中結束肉體的工作，像是從緊塞的瓶子中脫開束縛，突然聽見一聲剝，種子識是一束光飛向了本源之處。於是，循著這條線索，我們能夠停靠在〈雨停〉的語脈中，來到這座墓園觀看。

詩歌場域落在墓園的紀念行動，衝擊點或者說整個反省的引發點落在對方的新墳，死去的是甚麼？詩人想要挽留的生命是誰？付諸行動想要維護的是甚麼？

行動的阻礙，來自於膽怯，害怕雪髒亦是心理潔癖。恨情歌可以是對愛的追求也可以是對理想的跋涉，裡頭有對愛的渴求與求之不得卻不能放棄的執著，從語脈來看，可以是對世間不被認同情感的支持，放大來說，也可以是詩歌之途中讀者與詩人的關係，甚至是世人對真理奧祕尋求與迴避的足跡。

又或者我們再一次回到一千零一夜的語境中，讓隱喻彼此對照，找到自己的身世，是誰在恨情？這猶如機率翻來覆去的撲克牌，打出了甚麼局？

隱藏在全本詩集背後的赫米斯，是奧祕的傳遞者，是智者，傳說他打開了占星術與煉金術的門，是以，埃及與希臘等古文明都奉他為智慧之神。機率、撲克牌在塔羅牌的語境中揭開了命運的神諭。赫密斯的信徒們，走入聖殿聆聽祕義。

「雨停和撲克牌之間」、「祈禱和廢墟之間」、「星期五沉默的教徒和舌尖」。對比關係聯繫著成組的隱喻，兩個之間可以是時間空間的縫隙，可以是宿命與機遇的選擇，也可以是行動與不行動的結果。詩人想要遠媾的隱性批判或許藏在裡頭。

塔羅撲克牌給出的占卜提醒高懸頭頂，悲劇是否得以避免來自於接受警示者，是否願意在事件未發生前，給出力量與付諸行動。當支持或愛來得太慢，沉默的教徒和舌尖將會使心成為廢墟，使祈禱工法失去力量或活性：「走出墓園，我們才為對方的新墳／獻上瑪格麗特」，所有的在場者將再一次錯過時機並陷入遺憾的情緒迴圈。

這座廢墟在詩人威宏的語境中可上溯至《我愛憂美的睡眠•你守望，你在灰色的路上》：「月光散後，我們成為最後的祭司／眾生靈已遠去，冷寂的夜／……／你寫廢墟風的點狂／……／成為一枚新夢」如此撐篙溯源，我們可以感受這一座廢墟的重量，不僅僅是無名的荒廢建築或是傾圮的遺址，這座廢墟是容納文明祭司的神聖精神場域，是隱在詩歌背後的存在，拉長了詩歌的意義景深。

靈性的練習課題在於看見警示後，是否能認出課題核心與轉化的障礙點，語脈中行動來得太晚，也許來自於膽怯，詩人看著膽怯，嘗試給出轉化機制，對自己也對他人勸服：「來年的你我，不要再怕雪髒／向內前進。即使所有的恨情歌都已膽怯」。

詩句裡頭的未竟之處藏有縫隙：「鐵的心，畢竟怎麼品嚐／也不能算是檸檬」、「薄荷奶油色的一筆箋／就寫至署名處」，為讀者留下行動自省的迴路，我們可以試著回到《獨角的誕生・為我守護》的語境中，感受在鏽蝕的檸檬月色下，傷害與犧牲的重量，包括回家的代價。

「島嶼的邊緣仍有彩虹」給出了詩人預埋的希望，這個希望是彩虹吉兆也可能是對邊緣者的認同，是避免悲劇厄運臨到前的宣告。彩虹所出現的語脈位置，帶來包容、寬容的性格，例如在〈在場〉：「我們需要臨在的名字／等待下一次的犯錯繼續受難／懷疑幻化作彩虹永遠的寶貝／捧住缺陷，還怕彼此就成為這次的寂靜了」，世人犯錯帶來的苦難是無法阻擋的，神的臨在卻能承擔接納世人的懷疑缺陷，接住生命，讓人們得以繼續活在神光照臨中，是慈悲的溫柔恩典。

貳、夢、夢境、解夢、孵夢的語言之礦

一、瘀傷的緣由・安頓的渴盼

詩人如何通過夢、夢境、解夢、孵夢，自我辨識傷口與命運走向，月光在文本主次脈中亮開詩人的思維活動與心緒波動痕跡，同時供輸安頓處。

月光在〈拾鏡夢〉與〈夢憶太平山〉說著：「上週殘餘的月光似不動／鐵灰色的嫩芽／眼神初萌越剪還生／如魅的夜燈閃爍／指不出朽牆上的隱疾／忠貞是一件容易的事嗎？」

軟骨指不出朽牆上的隱疾，殘餘的月光嫩芽越剪還生，詩人的孤寂貼上了金箔，然而無須畏懼，憂傷的腳趾在銀河中已經暖和了，找著自我的安頓處。顯出場域力量的同時，也與〈島嶼〉相互註釋。

進入詩人的語礦中，以潛意識的鏟，挖掘島嶼・禱告・夢・命運如何顯出瘀傷，從蔓延拓開的語詞形象中，察看禱告的內容與雨停關係。於是，我們看著〈島嶼〉，看進正在閃爍的關鍵詞：「寬容／夢／命運的野獸／語彙繁衍／池塘低吟的憂愁與異香／與瘀傷的晝夜同宗／禱告／起伏的花莕草」。

「瘀」具有阻塞、淤積、鬱積之意，意味著血積於其中卻無法散去。《楚辭・九辯》如此說：「形銷鑠而瘀傷」，肉身的瘀傷總是伴隨著傷損，瘀傷可以是身體的亦可以是心靈的，因此夢可以總是瘀傷晝夜，使得詩人穿梭夢境密林，盼望接引活力讓語彙去繁衍出一座座島嶼，讓香氣禱告滋養這一頭被命運捆縛的野獸。

從〈暗紫的夢諭我輕撫著它〉去感受血瘀的暗紫與刑虐的眼光，我們也因此可以將語義裂縫處通過繫連加以縫合，從而獲得讀者獨享的自由。將自己置身其中，將語辭的毫刺點上火，向街市巷路行刑，刻紋成闇黑的個人夢、集體夢，撫摸瘀傷的深邃神祕夢諭。

〈風乎舞雩〉讓我們想起在春日沂河旁，孔子與弟子的志向問答中弟子曾晳的回答：「……浴乎沂，風乎舞雩，詠而歸。」從沂水沐浴淨化來到舞雩台上祈雨舞蹈，在春日和風中歌詠回家，詩人攀登神梯向神祈求三個願望，它可以是尋道旅途的行動暗喻，改換面目卻殊途同歸，是詩人心靈渴盼的短頌，也從這層層瘀傷神諭中，找著暫時歇息之處。

二、重複寫著痛，是詩人的宿命也是行動模式

雨停的隱喻不能離開雨水，也同時要與詩人寫作的墨水並置，雨／墨水／雨點／斑點，持續繫連縫補。雨水墨水、雨點斑點、雨聲與墨跡，從形、音、色、觸中，長出心緒情懷，長出詩人的志業懷抱，遠承祭司祈雨時空，並勾連出雨的物質性、語言的抽象性、祈雨的精神性……隱性關係。於是〈不費吹灰〉：「像我一場晉級的疾病／而疾病舔著雨／雨像蝴蝶飛。黑色的斑點」，我們因此明白雨停背後的多重義。

〈親愛的陰霾你來〉如此訴說雨水：「孤獨也想分享自己，黑色暈開一時天國／幻變的字詞還不是懷疑論／喚醒雨水們平凡的一生／罪惡的靈魂」，詩人通過寫作喚醒平庸生活、生命中的發光可能，一再反覆地去敲醒自己與他人的天國之門。

關於詩人的修辭努力可以為生命通往實相做出甚麼貢獻呢？詩人駁斥了偽裝自己是自由的懷疑論。讀者跟著詩人翻過身，讓宇宙的絲線去觸動詩歌生命的魚，讓空酒瓶去搖滾不斷幻變的語詞。

不讓優雅的感傷主義去推遲夢，也許擦去霧霾輪廓線，能除去肩上的罪名，讓吟唱著的哀歌不斷去燃燒孿生的建築，燒去重複，燒掉慣性，遠的來說，這同時也能燒掉模仿罪刑。讀者會感受到詩脈中審判是否會一再臨到的壓力與焦慮，冰雹無法辨識品種總

是一視同仁地降下刑罰，無法醒來的靈魂如同刪節號重複錯誤，焚毀的終將焚毀。

詩人夢境語詞的枝繁葉茂能進出平行時空，將詩人尋求的謎語黑洞藏在創作口袋的最深處。然而，詩人卻擁有意志力不斷地爬行格子，醒來後與讀者一起繼續聽著矛盾的聲音，因此，重複寫著痛，這是詩人的宿命也是行動模式。

當我們將解凍的時機與預感放在赫米斯神祕學思想的背景中，就能與詩人在〈時機〉穿著赫米斯巨大的隱翅潛向新月，潛向我們的潛意識之海，曖昧這一朵朵一再死過的浪花，讓具有魅力的文字解凍預感。

於是，灰燼舉起劍劈開謊言盛宴，詩歌拐杖走過日常火光。

生命終於有機會撫摸這不斷瘀傷的夢諭。這瘀傷是詩人反覆出現的主題，詩人的夢總是瘀傷晝夜，他總盼望著密林語彙可以繁衍出一座座島嶼，滋養這一頭無畏於死亡命運的野獸。

詩人的夢落在疑問句中，他讓疑問句別過頭去，讓神推遲審判，讓預言去熄滅白色尖頂，讓月光去洗滌夢境，溫柔地摩娑街道。

夢，是神諭，夢能占開額頭的光亮，照亮起火，祭祀百步蛇爬行的岩板巷石板屋。

三、在這座玄奇影魅的語言法陣中，相互繫連，相互注解

夢與審判意識無處不在，罪行之下還能開出一朵朵紫色的鈴蘭嗎？碎裂了什麼？折翼了什麼？約定了什麼？迷宮中的棋，是否會帶走一船又一船的旅客？人類有沒有機會放下自身的偏執讓自性種子發芽，是否能讓疾病在哀歌春天中甦醒夢呢？詩人在全本詩集中留下許多探問，對著自己，也向著眾人。

廢墟不僅是荒頹或棄置的建築群，它是能夠憶起神聖時間與空間的卡榫，檸檬（綢色）意象從《獨角的誕生》延續到《夢之貘對我說》，我們可以一起回繫〈雨停〉語脈，詩人這麼說著：「傷害還沒削好皮還沒去／鏽蝕的檸檬月色，火燄般的雲沿梯／早已爬下，陪我，一同扶住／紅色小屋的帽緣／／莓果仍甜仍酸楚／它們繁複地生長／無關善行與睡眠的多寡／在柵欄裡我決定活，決定把自己活成一個／雙腳僵直了仍虔心祝禱的木頭／／就連窗外路燈上的隱形雀鳥／一隻隻，都有我不能揮別的眼神／牠反覆唱啼：『回家回家／仍要攜帶禮品，自浩瀚的銀河回家。』／……／那些犧牲太年輕，還怕風吹雨淋／……／月亮漂浮上來。再複唱——」

這是詩人威宏的證詞也是宣告，詩題為〈為我守護〉，是詩人、是詩人意欲化身獨角獸、夢之貘，共同看守密契；是祈雨台上的祭司，是一千零一夜的珊魯佐德，守護方塊字魂魄，守護廢墟上人類的精神文明，守護愛……

這裡頭同時隱藏有詩人的渴盼，盼望雙向奔赴，祈求讀者願意為他守護。在〈空間習作之十一〉中，我們感受這一根根癡意利刺深扎糾葛，現實是破碎的碗：「痂，醞釀之莖，災難的花香。夜行性動物我，病症反覆發作變成尖刺。陷入黑洞，無毒的人質，我硬往日子裡不斷刺進去。／／嘶嘶嘶。秀氣森林，每時饑渴的欲流動。／／二十年紙天燈，不夠我保證夠恐懼，仍迎風學寫字，裹冬衣化一頭低首飲水的獨角獸。輪廓線模糊，仰起，盡是無明之魅危繞。」

詩人反覆地經歷洗牌、抽牌的動作，看著最後一副牌陷入語法錯接的翻譯字幕黑洞，這一切並不徒勞，所有的作為也非毫無意義，因為靈魂正在進行哲學層次的旅行，盼望滋長祕義，即便詩人可能沒有說出，讀者卻有可能有機會看見：盼望神諭字母皇后能夠解開這一再循環的貓尾巴，能夠伸進牆縫取出藏塞的伏筆，儘管黑桃顛倒。

創作者創作生命的純淨起點或許都在童年中，童年回憶是創作原型的礦場，讀者通過苦楝樹影伸手去觸碰詩人存放於童年的形象，在剩餘煙霧中與詩人一起返回家園。詩人理智的繩索總是致力於縫合敘述，祕密卻總是存在於關鍵詞彙中。詩人威宏在頻繁的聚焦與散焦中，耗費巨大的精神力，在顯與隱的簾幕前過度穿梭，攀生錯落遠裔的雜林。如此更需要等候讀者自行觸碰、繫連、生發語脈，爾後孵育解碼，共同完成詩人與讀者之間的解謎旅途。

詩歌語詞世界如同夢境，是一個個在黑夜中冥潛的燈火星火，需要擦亮，需要點亮，在這座玄奇影魅的語言法陣中，相互繫連，相互注解。不同的繫連產生差異、變異、斷面、位移，卻可能誕生相互補充援引的語意層。協助催活語脈，也就意味著催活閱讀與創作的活力。祝福詩人威宏能持續深耕自己與眾人的銀河夢，在宇宙源頭中發光。

附錄　《夢之貘對我說》詩作發表紀錄

二〇一九年

黑帝斯的輪廓	《秋水詩刊》第一八五期，第八十九頁
思想	《創世紀詩雜誌》第二〇三期，第六十三頁
不費吹灰	《野薑花詩刊》第三十七期，第一二八頁

二〇二〇年

親愛的陰霾你來	《創世紀詩雜誌》第二〇六期，第一一二頁
時機	《秋水詩刊》第一八八期，第八十四頁
霧中約定	《新大陸詩刊》第一八三期，第九頁
同一個字	《葡萄園詩刊》第二三一期，第一三〇頁
雪恩的凍寵果	《秋水詩刊》第一八五期，第八十九頁
二輪	《葡萄園詩刊》第二三一期，第一三〇頁
異同處	《從容文學》第二十六期，第十一頁
疑統處	《從容文學》第二十六期，第十一頁
遺痛處	《從容文學》第二十六期，第十一頁

Good night，好的夜　《臺灣好報》西子灣副刊，二〇二〇年二月二十七日
黑暗的快樂落在紙上　《葡萄園詩刊》第二三一期，第一三一頁

二〇二一年

拾鏡夢　《吹鼓吹詩論四十五號：隨心散欲》，第一五六頁
夢憶太平山　《中華日報》副刊，二〇二一年六月二十七日
島嶼　《創世紀詩雜誌》第二〇七期，第六〇頁
暗紫的夢諭我輕撫著它　《秋水詩刊》第一八七期，第九十七頁
風乎舞雩　《葡萄園詩刊》第二三五期，第六十六頁
在場　《更生日報》副刊，二〇二一年七月二十八日
木框畫：入睡之前　《吹鼓吹詩論壇》第四十九期，第六十八頁
沉睡之後的事　《乾坤詩刊》第九十九期，第三十五頁
你注視著它　《鏡文學》二〇二一年十月九日
牆之外：解說希望的方式　《野薑花詩刊第四十期》第一八九期，第一四四頁
隱者的信仰　《乾坤詩刊》第一〇五期，第九十九頁
在八斗子車站　《秋水詩刊》第一九〇期，第八十一頁
在淡水漁人碼頭　《野薑花詩刊》第四十三期，第九十八頁
練習說謊　《野薑花詩刊》第四十三期，第九十七頁
金色的憧憬　《秋水詩刊》第一八九期，第九十一頁
抵達，或我們罌粟色的驕傲　《鏡文學》二〇二一年十月九日
夢占：在霧台部落　《創世紀詩雜誌》第二〇九期，第七十七頁

湖邊　《掌門詩刊》第八十一期，第二五三頁

有誰代替你們歌唱　《創世紀詩雜誌》第二〇九期，第五十七頁

問卷調查　《乾坤詩刊》第一〇一期，第七十九頁

二〇二二年

雨停　《秋水詩刊》第一九一期，第九十七頁

霧霾街四十七巷　《野薑花詩刊》第四十四期，第一三五頁

答案　《鏡文學》二〇二二年十月十日

憶甜水鋪　《乾坤詩刊》第一〇三期，第三十二頁

在夕陽下行動　《鏡文學》二〇二二年十二月廿六日

高貴的睡姿　《創世紀詩雜誌》第二一三期，第七十五頁

卸下左臂在瑕疵裡航行（今晚，我做的夢）　《秋水詩刊》第一九四期，第八十頁

Goodbye　《野薑花詩刊》第四十一期，第一一五頁

相信：海貝色瑪格麗特　《創世紀詩雜誌》第二一二期，第一〇六頁

二〇二三年

之後的時間不斷的藍　《野薑花詩刊》第四十五期，第九十三頁

書寫我自己　《野薑花詩刊》第四十七期，第一二四頁

撿石頭　《野薑花詩刊》第四十八期，第九十九頁

仍冷，像空了的水壺沒有水　《秋水詩刊》第二〇一期，第一〇四頁

讀詩人180　PG3141

夢之貘對我說

作　　者	陳威宏
責任編輯	邱意珺
圖文排版	陳彥妏
封面設計	王嵩賀
圖片來源	Freepik、Pexels

出版策劃	釀出版
製作發行	秀威資訊科技股份有限公司
	114 台北市內湖區瑞光路76巷65號1樓
	電話：+886-2-2796-3638　傳真：+886-2-2796-1377
	服務信箱：service@showwe.com.tw
	http://www.showwe.com.tw
郵政劃撥	19563868　戶名：秀威資訊科技股份有限公司
展售門市	國家書店【松江門市】
	104 台北市中山區松江路209號1樓
	電話：+886-2-2518-0207　傳真：+886-2-2518-0778
網路訂購	秀威網路書店：https://store.showwe.tw
	國家網路書店：https://www.govbooks.com.tw
法律顧問	毛國樑　律師
總 經 銷	聯合發行股份有限公司
	231新北市新店區寶橋路235巷6弄6號4F
	電話：+886-2-2917-8022　傳真：+886-2-2915-6275

出版日期	2025年3月　BOD一版
定　　價	280元

版權所有・翻印必究（本書如有缺頁、破損或裝訂錯誤，請寄回更換）
Copyright © 2025 by Showwe Information Co., Ltd.
All Rights Reserved

讀者回函卡

Printed in Taiwan

國家圖書館出版品預行編目

夢之貘對我說/陳威宏作. -- 一版. -- 臺北市：
釀出版, 2025.03
面；　公分. -- (讀詩人；180)
BOD版
ISBN 978-626-412-060-9(平裝)

863.51　　114001118